I0683629

ODE

SUR LA NAISSANCE

de S. A. S. Monseigneur

LE PRINCE DE CONDÉ,

PRESENTÉE

A M. LE DUC.

Par Monsieur D'ARNAUD, âgé de
dix-sept ans.

A PARIS,

Chez PRAULT Pere, Quay de Gêvres,
au Paradis.

_____

M. DCC. XXXVI.

Avec Approbation & Privilege du Roi.

ODE
SUR LA NAISSANCE
de S. A. S. Monseigneur
LE PRINCE DE CONDE'.

Par Monsieur d'A R N A U D , âgé de dix-
sept ans.

Divine maîtresse des ames ,
Gloire , dont l'équitable main,
Consacre par des traits de flâmes
Les noms dignes de ton burin ;
Toi , par qui Rome , & ses Trophées,
Triomphent de l'oubli des tems ,
Prête moi les mâles accens
Des Amphions & des Orphées.

Je vais célébrer un Héros ,
Que le Ciel accorde à la France :
Néméfis, Mégere , Atropos ,
Semblent éviter sa préfence ;
Le Dieu farouche des combats,
S'envole fur la fombre rive ;
La Difcorde pâle & craintive ,
Füit fur l'aîle du noir trépas.

Sortez de la nuit éternelle ,
Paroiffez Ombre de Loüis , *
O vous , dont l'intrépide zéle
Terraffa nos fiers ennemis ;
Paroiffez , Manes formidables ,
Le front ceint de nobles lauriers ,
Et du plus brave des Guerriers ,
Montrez-nous les traits redoutables.

Toi , qui du fuperbe Ottoman
Défis les cohortes altieres ,
Et de l'Empire Mufulman ,
Brifas les puiffantes barrieres ,
* Bade , dont les fameux exploits
Font encore pâlir Bizance ,
Vois expirer fon arrogance
Aux pieds de l'Achille françois.

Loin d'ici , fieres Eumenides ;
Allez verfer dans d'autres cœurs
Le fiel de vos bouches perfides
Et les feux de vos traits vangeurs ;
Loin d'ici , Condé vous l'ordonne ,
Allez par d'autres attentats ,
Troubler , détruire les Etats ,
Et rendre l'effroi qu'il vous donne.

* *Loüis II. Grand Prince de Condé.*
** *Loüis de Bade étoit allié à l'augufte Maifon de Rhinsfels.*

Et toi, qui des Rois, & des Dieux,
Eſt l'image la plus fidelle,
Aimable Enfant, ouvre les yeux,
Admire une gloire ſi belle :
Ta main vient eſſuyer nos pleurs,
Tu raménes les jours de Rhée,
Ces jours où la divine Aſtrée
N'avoit de Temples que nos cœurs.

France, reprens tes premiers charmes,
Condé, ce foudre gronde encor,
Le ciel adouci par nos larmes
A reſſuſcité ton Hector;
Déja cette Aurore brillante,
T'annonce un ſoleil bienfaiſant,
Dont le flambeau preſqu'en naiſſant
Ranime l'Europe tremblante.

Peuples, frémiſſez à ſa voix,
Je le vois armé du tonnerre,
Vous vaincre, vous donner des loix,
Eteindre les feux de la guerre;
Les Sépulchres de vos Ayeux
Serviront d'Autels à ſa gloire,
Et les Palmes de la victoire
Naîtront du ſang de vos Neveux.

Ombre pâle du grand Eugêne ,
Qui fous de pompeux monumens ,
Conferves cette ame hautaine ,
Maîtreffe encore des Allemands ;
C'en eft fait , la fiere Bellonne
Ne connoît plus tes Etendarts ;
Sur les débris de tes remparts
Elle s'éleve un nouveau Throne.

Mars abandonne ces climats ,
Où jadis l'orgueilleufe Rome
Porta la flâme & le trépas
Pour venger la perte d'un homme ; *
Alecton éteint fes flambeaux ,
Tifiphone refte interdite ,
Et fur les rives du Cocyte
Va pleurer fa honte & fes maux.

Mais quelle éclatante Déeffe
Guide Condé dans les Combats ?
C'eft Thémis . . . L'augufte fageffe
S'empreffe à voler fur fes pas ;
Déja l'Olive pacifique
Couronne fon front glorieux ,
Et le Héros victorieux
N'eft plus qu'un Héros politique.

* Varus.

Nimphes, par des foins mutuels,
Du couchant aux rives de l'Inde,
Dreffez à Condé des Autels;
Que ce Dieu regne fur le Pinde;
Publiez par tout fes bienfaits,
Et de ce Nouriffon d'Alcide,
Qu'un Virgile, ou qu'un tendre Ovide,
Immortalife les hauts faits.

Sa main releve l'innocence :
A fes pieds le vice abbatu
Voit évanoüir fa puiffance,
Et regner l'auftere vertu;
Des plaifirs la troupe légere
Revient en cet heureux féjour;
L'ombre fuit à l'afpect du jour;
Un foleil plus pur nous éclaire.

Ainfi le vainqueur de Rocroy,
Chargé de lauriers, & d'années,
Partageoit avec un grand Roi*
Ses glorieufes deftinées;
Le guerrier cédoit au favant,
Et loin d'une Cour importune,
Dédaignant toujours la fortune,
Il effaçoit le Conquérant.

* Loüis XIV.

Dieu d'Amathonte & d'Idalie,
Amour, viens de tes heureux dons
Combler l'appui de la Patrie,
Et l'espérance des Bourbons ;
Que les Graces, que les Dryades,
Couvrent son berceau de lauriers ;
Qu'Amphitrite au fond des Rochers
Répete le chant des Nayades.

Que Rhinsfels . . . A ce nom je vois
Accourir l'Amour & sa mere . . .
Instruire Condé des exploits
De son Ayeul & de son Pere ;
Qu'imitateur de ses vertus,
Soutien du Thrône de son Maître,
Parmi vous il fasse renaître
Le tems chéri de Marcellus.

Et vous, qui d'un faste sublime,
Ne tirez point votre grandeur,
Vous, qui d'un encens légitime,
Goûtez à peine la douceur ;
Grand Prince, * acceptez cet Ouvrage,
Et souffrez que mes foibles sons
Par de plus célébres chansons
Vous rendent un digne hommage.

* *Le Poëte s'adresse à Monseigneur le Duc.*